검정소금 붉은도깨비

김우경 소금 붉은도깨비

① 소금이와 달팽이산

초판1쇄 펴냄 | 2012년 11월 30일
초판2쇄 펴냄 | 2013년 7월 15일

글 | 김우경
그림 | 장순일
편집 | 여연화
디자인 | 인디나인
표지 글씨 | 박찬우
펴낸이 | 정낙묵
펴낸 곳 | 도서출판 고인돌
주소 | 경기도 파주시 교하읍 문발리 617-12 1층 우편번호 413-832
전화 | (031) 943-2152
전송 | (031) 943-2153
손전화 | 010-2261-2654
전자우편 | goindol08@hanmail.net
인쇄 | (주) 미래프린팅
출판등록 | 제 406-2008-000009호

값 10,000원
ISBN 978-89-94372-48-8 74810
ISBN 978-89-94372-47-1 (세트)

「이 도서의 국립중앙도서관 출판시도서목록(CIP)은 e-CIP 홈페이지
(http://www.nl.go.kr/ecip)와 국가자료공동목록시스템(http://www.nl.go.kr/kolisnet)에서
이용하실 수 있습니다.
(CIP제어번호: CIP2012004846)

검정 소금 붉은 도께비

글 김우경 그림 장순일

1 소금이와 달팽이산

고인돌

 차례

1. 이름을 바꾸고 싶어

"이름아, 지금 8월 맞지?"

"몰라. 밖에 나가면 해가 나만 따라다녀."

이름이 아버지가 달력에서 7월을 쫘악 찢어 냈다.

"아부지, 그 종이 나 줘, 그림 그리게."

이름이는 달력 종이를 돌돌 말았다.

"근데 아부지, 내 이름, 아부지가 지었지? 그때도 성이

남씨였어?"

"성은 잘 안 바뀌어."

"그럼 성을 생각하면서 이름을 지었어야지. 내 이름이 아닌 것 같 잖아, 남이름."

아버지가 마른빨래를 개면서 이름이를 힐끗 보았다.

"처음에는 '이룸'이라고 지었어. 엄마랑 같이 지었는데, 내가 시 청에 이름 올리러 갔다가 잘못 올린 거야."

"이룸? 그게 뭐야? 더 안 좋아."

"그래? 다행이네."

"새로 하나 짓고 싶어. 성도 같이 바꿔도 돼?"

"그, 그건 안 돼."

"그럼 이름만 바꿀게."

"뭐라고 바꾸고 싶은데?"

"아직 안 정했어. 물어봐야지."

"누구한테?"

"동무들한테. 오소리는 아부지를

'넘어지기 쉬운 큰 걸음' 이라고 불러.”

“너무 길면 안 좋아.”

“히히, 고슴도치는 나를 ‘옛날에 유치원 다닐 때’ 라고 불러.”

“유치원 다닐 때 얘기를 자주 하니까 그러지. 그다지 옛날 일도 아닌데.”

“나한테는 아주 옛날이야.”

마침 바깥에서 동무들이 불렀다.

“이름아, 놀자!”

“옛날에 유치원 다닐 때, 노올자!”

이름이가 일어서서 바깥을 내다보았다.

“고슴도치 가시 조심해. 또 한 녀석은 누구야?”

“능구렁이 같은데?”

“물릴라, 조심해.”

“독 없어.”

“독은 없어도 성질이 사나워. 너는 어째 저런 동무들만 사귀니?”

“쟤들이 어때서? 고슴도치도 친해지면 가시 안 세워.”

"아무튼, 두루두루 사귀라고."

"알았어. 나 놀러 간다."

"너무 멀리 가지 마라. 깔딱고개 너머 도깨비……."

"도깨비골에는 안 가."

이름이는 달력 종이를 돌돌 말아 쥐고 밖으로 나왔다. 고슴도치가 말했다.

"부들나루에서 자라가 기다려. 물놀이하러 가자. 근데 그건 뭐야?"

"달력 종이. 그림 그리게."

"그림? 그림은 내가 잘 그리지! 나는 물 위에도 그림을 그리고 모래 위에도 그릴 수 있어."

능구렁이가 말했다.

"좋아, 물놀이하다가 마당바위에 올라가서 그림 그리자."

잔별늪에는 부들이 많다. 부들은 키가 커서 뿌리는 물속 땅에 있고 줄기랑 잎은 물 위로 주뼛하게 솟아서 자란다. 여름에 꽃이 피는데, 마치 어묵이나 소시지를 꼬치에 꿰놓은 모습이다.

"내가 유치원 다닐 때, 이거 닮은 소시지 반찬 많이 먹었어. 너희는 어떤 맛인지 모르지?"

이름이가 이렇게 말하면 다들, "또 유치원 때 얘기니?" 이러면서 삐치곤 했다.

잔별늪 부들나루에 닿으니 자라와 물총새가 기다리고 있었다.

"물총아, 안녕! 뻥쟁이도 안녕!"

자라는 뻥쟁이다. 걸핏하면, 자기는 용궁이 어디 있는지 안다면서 으스댄다. 어디 있느냐고 따지면, 구경시켜 줄 테니까 따라오라며 물속으로 들어가 버린다. 그런데 이름이는 자라처럼 물속 깊은 곳까지 들어갈 수가 없다. 그걸 알고 자라가 더 으스대는 것 같다. 한번은 꺽지한테 용궁이 정말로 있기는 있느냐고 물어보았더니, 이렇게 말했다.

꺽지

"글쎄, 나도 들은 적은 있어. 하지만 보지는 못했지. 바닷속 어딘가에 있다는 이야기도 있고."

있기는 있는 모양이다. 하지만 자라가 용궁을 안다는 소리는 아무래도 거짓말 같다. 꺽지는 자라보다 헤엄도 잘 치고, 푸른머리 호수 저 멀리까지 돌아다닌다. 꺽지가 못 가 본 용궁을 자라가 가 봤을 턱

이 없지.

"어, 시원해! 들어와."

능구렁이가 물에 들어가서 부들 사이로 매끄럽게 헤엄
쳤다. 이름이도 풀밭에 옷을 벗어 놓고 물에 뛰
어들었다.

"도치야, 너도 들어와!"

자라가 물갈퀴 달린 네 발을 앞뒤로 저으며 말했다. 고슴도치는 물가 얕은 곳에서 몸을 적셨다. 물총새는 물 위로 드리워진 버드나무 가지에 앉아 물속을 살피고 있었다.

이름이는 숨을 크게 들이마시고 물속으로 헤엄쳐 들어갔다. 물속에서 눈을 떠 보니 눈앞이 흐릿한데, 피라미 떼가 지나가는 게 보였다. 피라미 한 마리가 살짝 웃으면서 입을 뾰로통하게 내밀고 뭐라 했다. 소리가 작아서 들리지는 않았지만, 반가우니까 일부러 샘난 척 입을 내밀었을 것이다.

"푸아아아!"

이름이는 물속에서 꽤 오랫동안 숨을 참을 수 있다. 그러면 도치가 물가에서 지켜보다가, 놀라서 털을 빳빳이 세우고 이름이를 소리쳐 부른다.

"유치원! 유치원! 너무 오래 있지 마! 물속에 갇히면 어쩌려고 그래?"

가시 같은 털이 있어서 겉보기엔 사나워 보여도, 도치는 마음이 얼마나 여린지 모른다.

"애들 때문에 낮잠을 못 자겠네. 왜 이리 첨벙대고 난리야?"

물풀 사이로 황소개구리가 어슬렁어슬렁 나타났다. 등에 개구리밥이 푸릇푸릇 붙어 있었다. 황소개구리를 보더니 능구렁이가 이름이 옆으로 슬그머니 헤엄쳐 왔다.

"야, 너희 둘이 쌈하면 누가 이겨?"

자라가 능구렁이와 황소개구리를 번갈아 보며 물었다.

"나는 쟤를 휘감아 조를 수 있어. 그런데 입 찢어질까 봐 삼키기는 싫어."

능구렁이가 말했다.

"개구리가 뱀을 어떻게 이기겠니? 뭐, 배가 엄청나게 고프다면 모를까."

황소개구리가 느릿느릿 말했다. 이름이가 얼른 물었다.

"지금은 배 안 고파?"

"응."

"그럼 됐어. 같이 놀자."

그제야 능구렁이가 개구리 옆으로 헤엄쳐 갔다. 물총새는 아직도 버드나무 가지에 앉아서 물속을 살피고 있었다.

피라미

"물총아, 너는 여럿이 놀 때도 먹을 것만 살피니?"

"아, 미안. 그냥 보고만 있었어. 나 배 안 고파."

"인제 보니 피라미가 너 때문에 입을 삐죽거렸구나. 물속에서 내 앞을 지나가면서 뽀로통해서 뭐라고 중얼거렸어."

"나는 진짜로 그냥 보고만 있었어."

"네가 보고만 있어도 피라미는 마음이 안 편할 거야."

"걔가 뭐라 그랬는데?"

"그건 못 들었어. 거기 있지 말고 이리 와. 이젠 이야기놀이 하자."

이름이가 물에서 나와 풀밭으로 가면서 말했다. 발가락 사이에 보드라운 모래흙이 묻어 있었다. 모두 풀밭으로 모였다.

"누가 먼저 할래?"

이름이는 풀밭에 벗어 놓은 옷을 다시 입었다.

"아무도 안 하면 내가 먼저 할까?"

"유치원 이야기하기 없기!"

도치가 잽싸게 말했다.

"유치원 이야기 아니야. 물총새 이야기야."

물총새가 눈을 동그랗게 떴다.

"나는 네 이름 처음 들었을 때, 네가 입으로 물을 쏘는 새인 줄 알았어."

"하하, 나는 물 쏠 줄 몰라. 아주 빠르게 물속으로 뛰어들 줄은 알지. 그리고 내 이름은 내가 안 지었어."

"나도 내가 안 지었어."

"나도."

능구렁이랑 고슴도치가 말했다.

"나는 내가 지었어."

자라가 으스대면서 말했다.

"뻥치지 마! 이름은 남이 붙여 주는 거야."

황소개구리가 말했다.

"근데 황소개구리는 몸집이 황소만큼 커서 황소개구리일까?"

"자라 너, 황소를 본 적은 있니?"

"아니, 없어. 도치 너는?"

"히힛, 나도."

이름이가 이젠 자기 차례라는 듯이 나섰다.

"나는 황소 봤어, 유치원 다닐 때."

"읍!"

모두 고개를 돌리며 짧게 한숨을 쉬었다. 유치원 이야기만 꺼내면 그런다. 이름이는 아랑곳하지 않고 황소개구리를 가리키며 말했다.

"얘 울음소리가 황소 울음소리를 닮아서, 그래서 황소개구리야."

"그것도 유치원에서 배웠니?"

"아니, 울 아부지한테. 개굴아, 황소 소리 들려줘 봐."

그러자 황소개구리가 소리주머니를 불룩하게 부풀렸다.

"움워엉 움워엉."

"황소야, 너무 슬피 울지 마."

물총새가 장난스럽게 말했다.

"아핫, 참! 나, 이름을 바꾸고 싶어!"

이름이가 갑자기 큰 소리로 말했다.

"이름을 바꾼다고?"

"응, 뭐로 하면 좋겠니? 아무거나 말해 봐."

그런데 아무거나 쉽게 안 떠오르는 눈치다. 도치가 먼저 말했다.

"새로 바꾸는 거니까, 새이름은 어때?"

"새이름? 좋아. 그런데 고슴도치보다는 안 좋아."

"너는 물을 좋아하니까 물은 어때?"

물총새가 말했다.

"물을 좋아하지만, 나는 산도 좋아해."

"그럼 산으로 해."

"산도 좋아하지만, 나무도 좋고 풀도 좋고 바람도 좋고, 모두 다 좋아."

"그럼 모두는 어때? 한 글자로 하고 싶으면 다로 해도 되지."

자라가 말했다.

"다? 음, 자라보다는 나은 것 같은데……. 좀 더 생각해 보자. 지금 바로 안 정해도 돼."

"쳇, 맘대로 하렴."

자라가 살짝 삐쳐서 말했다.

"맘대? 그것도 괜찮은걸."

"좋을 대로 하라고."

"좋을대? 그것도 괜찮아. 하하, 삐쳤지?"

"안 삐쳤어. 하지만 이제 말 안 해. 벌써 네 개나 말해 주었으니까."

"그래, 고마워. 이름은 다음에 또 짓고, 우리 이제 그림 그리러 가자."

"좋아, 그림 그리러!"

"가자, 마당바위로!"

모두 길을 나섰다.

2. 걸어 다니는 나무

마당바위는 물오름재 마루에 있다.

물오름재는 달팽이산 끝자락에 있는 고개다. 거기서 올려다보면 달팽이산이 한눈에 들어온다. 돌아서면 푸른머리 호수가 한눈에 들어오고, 호수 위로 바람이 불면 푸른 머리카락처럼 잔물결이 꼬불꼬불 휘날린다.

"모두 어디 가는데?"

달뿌리풀 샛길을 지날 때, 등줄쥐가 나타나 물었다.

"그림 그리러 마당바위에."

달뿌리풀

"그럼 나도 가자."

등줄쥐가 따라나섰다.

얼마쯤 가다가, 자라가 자꾸 뒤처지더니 말했다.

"나는 더 못 가겠어. 돌아갈래."

"그래, 그럼 내일 잔별늪에서 보자."

물총새가 말했다.

개망초 언덕을 지날 때, 왕사마귀가 세모 얼굴을 내밀고 물었다.

"어디 가는데?"

"그림 그리러 마당바위에."

"그럼 나도 가자."

왕사마귀가 따라나섰다.

얼마쯤 가다가, 황소개구리가 뒤처지더니 말했다.

"나도 더 못 가겠어. 돌아갈래."

"그래, 그럼 내일 부

들나루에서 보자."

능구렁이가 말했다.

잔돌밭을 지날 때, 오소리가 불쑥 나타나 물었다.

"작은 걸음! 어디 가는데?"

오소리는 이름이를 '넘어지기 쉬운 작은 걸음'이라 부르고, 이름이 아버지를 '큰 걸음'이라 그런다.

"달력 종이에 그림 그리러 마당바위에!"

고슴도치가 대신 말했다. 이름이는 돌돌 말아 쥔 달력 종이를 한 번 들어 올렸다가 내렸다.

"그럼 나도 가자."

오소리가 따라나섰다.

"그런데 오소리야, 앞으로는 작은 걸음이라고 부르지 마. 내가 이름을 새로 지을 생각이거든."

"이름을 바꿔?"

"응, 그러니까 너도 좋은 이름 하나만 생각해 봐."

"알았어. 내 생각에는 작은 걸음도 괜찮은데."

오소리가 중얼거렸다.

칡덩굴 비탈을 지날 때, 고라니도 함께 가겠다며 따라나섰다.

억새밭을 지날 때는 산토끼랑 실베짱이가 따라나섰다.

상수리나무 아래에 있던 다람쥐도 따라나섰다.

소나무 위에 있던 청설모도 따라나섰다.

엉겅퀴 꿀을 빨던 호랑나비도 따라나섰다.

길에서 만나는 동무들이 모두 따라나섰다.

마당바위가 가까워졌다. 잿마루에서 선선한 바람이 불어왔다.

"다들 어디 가는데?"

오솔길 옆 생강나무가 잎을 흔들면서 물었다.

"마당바위에, 그림 그리려고."

이름이가 생강나무 잎을 만지면서 대답했다.

"그럼 나도 따라갈래!"

생강나무가 어깨를 우줄거렸다.

"쉿, 잠깐! 하늘을 봐 봐. 아직 해가 높잖아! 잎이 금방 시들어 버릴 거야."

고라니가 얼른 생강나무를 막아서며 소곤거렸다. 그리고 둘레에
있는 다른 나무들을 살폈다. 다들 따라가겠다며 나서면 큰일이다.

"괜찮아, 그늘로 빨리 달려가면 돼."

생강나무가 작게 말했다.

"안 돼! 마당바위 둘레에는 마른 흙뿐이야. 네가 설 자리가 없어."

고슴도치가 말했다.

"맞아, 바위는 햇볕에 뜨겁
게 달아서 디디지도 못해."

다람쥐가 말했다.

"그림 그리고 놀면 신 날 텐데."

생강나무가 가지를 늘어뜨리
며 말했다. 생강나무 가지를
꺾으면 생강 냄새가 난다
고 아버지가 그랬는데, 이
름이는 한 번도 가지를 꺾
어 본 일이 없다.

"우리가 그림 그려서, 돌아올 때 너한테 보여 줄게. 여기 꼼짝 말고 있어."

이름이가 존조리 말했다. 그 말에, 생강나무가 마음을 고쳐먹었다.

모두 다시 길을 걸었다.

"나무나 풀은 한자리에 좀 가만히 있으면 좋겠어. 그게 옳은 거잖아."

왕사마귀가 고라니 등에 올라앉아 말했다.

"그러게! 도대체 어떤 나무가 처음으로 걷기 시작했을까? 풀일까? 엊그제 해맞이고개 아래에서 산마늘 한 포기를 찾아 잎을 조금 뜯어 먹었거든. 그런데 오늘 아침에 다시 가니까 얘가 어디로 숨어 버렸는지 없는 거야."

산마늘

산토끼가 말했다.

"내 생각은 달라. 나무나 풀도 걸어 다니는 게 옳아. 내가 나무라면 한곳에서 한 시간도 못 버틸 거야."

이름이가 말했다.

나무나 풀이 언제부터 걸어 다녔는지는 이름이도 모른다. 그런데 누가 맨 먼저 그랬는지는 안다. 한번은 이름이가 마당바
위에 누워서 살짝 잠이 들려고 하는데, 바위채송화 무리
가 자기들끼리 말하는 소리를 들었다.

바위채송화

"그건 산삼이 맨 먼저래. 산삼이 자리를 옮겨 다니는 걸 보고, 다
른 풀이랑 나무들도 조금씩 움직이기 시작했대."

"그래? 나는 그냥 이 바위가 좋아. 안 옮겨 다니고 여기서 끝까지
살 거야. 너, 산삼 본 적 있니?"

"아니. 그런데 이 얘기 들었어? 아주 오래된 산삼은 어찌나 빠르
게 옮겨 다니는지, 욕심쟁이 눈에는 좀처럼 안 보인대."

"흠, 알겠어. 그래서 네가 못 본 거구나."

"그러는 너는 봤니? 들어 봐. 그러다가 정말로 애타게 자기를 찾
는 짐승이나 사람 앞에서는 스스로 모습을 드러낸대."

이름이는 산삼을 한 번도 만난 적이 없다. 그래서 산삼이 얼마나
빠르게 옮겨 다니는지 모른다. 그저 다른 풀이나 나무가 움직이는
걸 보면서 어림잡아 헤아릴 뿐이다.

산삼뿐만 아니라 오래 묵은 더덕이나 천마 같은 약초도 재빠르게

더덕

천마

도라지

옮겨 다녀서 찾기가 쉽지 않다. 도라지는 한자리에서 삼 년을 살고 나면 펑 사라져 버린다는 말도 있다.

나무들도 놀랄 만큼 빨리 걷는다. 급하게 달릴 때는 뿌리가 안 보인다. 빗자루로 땅을 쓸듯이, 눈 깜짝할 사이에 스사삭 사라진다. 주로 밤에 많이 돌아다닌다. 낮에는 해 때문에 멀리까지 못 다닌다. 함부로 나다니다가 뿌리가 마르면 큰일이다. 그래서 밤이나 흐린 날에 많이 움직인다. 비가 쏟아지는 날, 비안개 사이로 무엇인가 빠르게 지나가는 것이 보이면, 그건 짐승일 수도 있겠지만, 나무일 수도 있다. 아니, 나무이기 쉽다.

나무들은 그렇게 밤에 돌아다니다가 날이 밝으면 처음 자리로 돌아온다.

이름이는 낮에 이렇게 돌아다니다가 날이 어두워지면 집으로 돌아간다.

마침내 마당바위에 닿았다.

고슴도치, 능구렁이, 물총새, 등줄쥐, 왕사마귀, 오소리, 고라니, 산토끼, 실베짱이, 다람쥐, 청설모, 호랑나비, 꽃등에, 산개구리, 파리매…… 함께 온 동무들이 모두 마당바위로 올라섰다. 마당처럼 넓어서 다 올라설 수 있다.

꽃등에

산개구리

파리매

"달팽이산을 그리자!"

파리매가 말했다.

"그래, 달팽이산을 그리자!"

여럿이 다투어 말했다. 파리매가 조금 일찍 말한 것뿐이었다. 마당바위에 서면 누구라도 그렇게 말하게 된다. 마당바위에서 올려다보면 달팽이산이 한눈에 들어온다. 돌아서서 푸른머리 호수 쪽을 바라볼 때는 빼고.

"앗, 뭐로 그리지? 물감이 없어."

이름이가 바위 위에 달력 종이를 펼치면서 말했다.

"문제없어."

"잠깐만 기다려."

동무들이 저마다 어디론가 기어가고 달려가고 날아갔다.

물총새가 부리에 물을 담아 와서 옴팡한 바위에 부었다.

오소리는 황토 흙을 한 줌 파 왔다.

까마중 열매

산토끼는 까마중 열매를 물고 왔다.

꽃등에와 호랑나비는 꽃가루를 모아 왔다.

저마다 물감이 될 만한 것을 구해 왔다. 자리공 열매, 쥐꼬리망초 잎, 애기똥풀 줄기, 돌나물, 도라지 꽃, 물봉선 꽃잎, 물푸레나무 잔 가지, 쑥, 진흙 가루, 귀룽나무 열매, 붉나무…….

저마다 씹고 찧고 깨물고 밟고 으깨고 섞어서 물감을 만들었다.

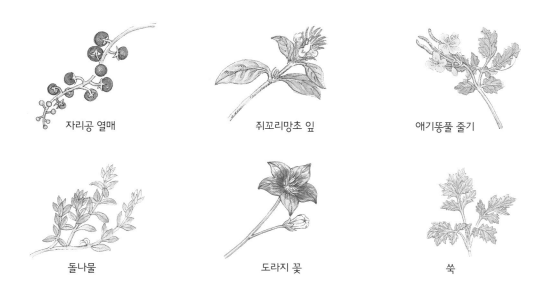

자리공 열매   쥐꼬리망초 잎   애기똥풀 줄기

돌나물   도라지 꽃   쑥

"먼저 산줄기를 그리는 거야."

왕사마귀가 앞발로 물감을 찍어 산줄기를 그렸다.

"골짜기로는 이렇게 물이 흐르지."

능구렁이가 온몸으로 물길을 그렸다.

"여기는 깔딱고개."

청설모가 꼬리로 깔딱고개를 그렸다.

"여기는 선녀골."

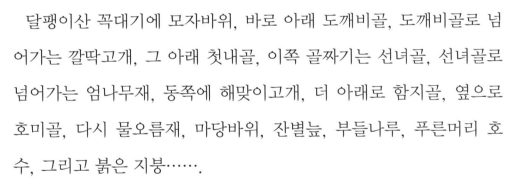

붉나무

모두 번갈아 가며 빈자리를 물감으로 채웠다.

달팽이산 꼭대기에 모자바위, 바로 아래 도깨비골, 도깨비골로 넘어가는 깔딱고개, 그 아래 첫내골, 이쪽 골짜기는 선녀골, 선녀골로 넘어가는 엄나무재, 동쪽에 해맞이고개, 더 아래로 함지골, 옆으로 호미골, 다시 물오름재, 마당바위, 잔별늪, 부들나루, 푸른머리 호수, 그리고 붉은 지붕…….

마지막으로 이름이가 별장을 그려 넣었다.

"마당바위 위에는 우리가 있어."

실베짱이가 바위 위에 동무들을 그려 넣었다.

모두 그림을 보면서 기뻐했다. 그림 속 달팽이산과 진짜 달팽이산을 번갈아 보았다.

"풀이랑 나무들한테도 보여 주자."

고라니가 달력 종이를 입에 물고 나무 사이를 뛰어다녔다.

"생강나무한테도 보여 주어야 해."

그런데 내려오면서 보니, 생강나무는 그사이 어디론가 가 버리고 없었다.

　해가 호미골 뒤 산등성이로 내려앉고 있었다. 이제 풀이랑 나무들이 움직일 시간이다. 동물들이랑 이름이는 집으로 돌아갈 시간이다.

　이름이가 종이를 들고 잔별늪 둑길을 걷고 있는데, 낯익은 나무가 휙 지나가면서 말을 걸었다.

　"잘 놀았니?"

　별장 울타리 옆에 사는 꾸지뽕나무였다.

　"야, 어디 가? 나도 데려가!"

　이름이가 얼른 소리쳤지만, 꾸지뽕나무는 벌써 사라지고 없었다.

　'언젠가는 꼭 따라가 볼 거야.'

　해가 지도록 놀았더니, 배가 꼬르륵거렸다.

3. 춤추는 물고기

다음 날, 저물녘에 별장으로 차가 한 대 들어왔다.

차 소리를 듣고 이름이 아버지는 얼른 별장 뜰을 둘러보았다. 다른 나무들은 제자리에 다 있는데, 향나무만 어디론가 놀러 나가고 없었다.

"이, 이름아, 저기 향나무 좀 찾아봐라."

"내가 어떻게?"

"다른 나무한테 좀 물어봐. 어, 어떻게든 데려다 놔."

아버지는 서둘러 문밖으로 나가서 주인을 맞았다.

"사장님, 오신다고 연락도 안 하시고요."

"그렇게 됐어. 잘 있었소? 장관님하고 함께 오려고 했는데, 일이 바빠 시간을 낼 수 없다고 해서 하는 수 없이 나랑 검정이만 왔지."

차 뒷문을 열자 검정이가 내렸다. 검정이는 장관님네 개다. 덩치가 크고 털이 까맣다. 털 빛깔이 검으니까 혓바닥은 더 붉어 보인다.

이름이는 얼른 별장 뒤뜰로 갔다. 숲으로 나가는 뒷문이 열려 있었다. 아무 나무한테나 물었다.

"앞뜰 향나무 못 봤어? 누가 빨리 좀 찾아봐."

"왜 그러는데?"

"주인아저씨가 왔어, 장관님 남편."

"걔가 어디로 갔는지 알아야 찾지. 안 되겠다, 내가 그 자리에 가 있을게."

측백나무가 쏜살같이 앞뜰로 달려가면서 말했다.

"어, 야, 들키면 어쩌려고!"

이름이가 말리면서 뒤따랐다. 앞뜰로 나오자 측백나무가 아무 일도 없다는 듯이 향나무 자리에 시치미를 떼고

측백나무

서 있었다. 마침 대문으로 검정이가 들어섰다.

"안녕, 왔어?"

주인아저씨도 들어섰다.

"안녕하세요?"

아버지는 짐을 들고 들어오다가 향나무 자리를 힐끔 보더니 얼굴이 굳어졌다.

"오냐, 잘 있었니? 그새 키가 더 컸네."

아저씨는 고개를 돌려 뜰을 한 바퀴 살펴보았다. 다행히 측백나무를 별다르게 보지 않았다.

"안으로 드, 들어가시지요."

아버지가 더듬거리면서 말했다.

"아니야, 나는 곧장 부들나루로 가서 낚시를 할 생각이오. 밤낚시를 할 거니까 그리 알아요."

"예, 이부자리 봐 놓겠습니다."

"그런데 이름아, 이름이 맞지? 하하, 아무도 네 이름은 안 까먹을 거다. 너, 요새도 학교 안 다니니?"

3. 춤추는 물고기 39

"예."

"이봐, 남 씨, 애 학교는 보내야지."

"……."

"이름아, 너 학교 안 가고 싶어?"

"예."

"남 씨, 내 말 잘 들어요. 초등학교는 의무 교육이야. 부모가 되었으면 애 초등학교는 보내야 해."

"……."

"학교가 멀어서 그러나? 그러면 애 엄마를 찾아서 맡겨요."

"우리 엄마 어디 사는지 몰라요."

이름이가 아버지 대신 말했다.

"그러면 내가 장관님한테 말해 볼 테니까, 우리 집으로 가자. 거기서 학교 다니자."

"싫어요."

"안 됩니다."

이름이랑 아버지가 거의 같이 말했다.

"참나, 애는 어려서 그렇다 치고, 남 씨는 왜 그래요? 아이 앞날은 생각 안 해요? 초등학교도 안 나오고 어떻게 세상을 살라고 그래?"

"너무 많이 배우면 사, 사람이 때가 잘 묻어서 못써요."

아버지가 말했다.

"뭐요? 때가 잘 묻어? 애가 빨래요? 아 또, 때가 묻으면 빨면 되지!"

"사람은 빨래랑 다르잖아요."

"이거 원, 남 씨랑 이야기하다 보면 나도 내가 무슨 말을 하는지 모르겠다니까. 그리고 유치원 겨우 마치고 초등학교 가는 것이 많이 배우는 거요? 하핫, 참."

"여기서도 배울 것은 많아요."

"거 정말 딱한 사람이네. 아무튼 더 늦기 전에 다시 생각해요. 또래 아이들은 자꾸 학년이 올라가는데, 마음이 급하지도 않아요?"

"……."

아저씨는 낚시 가방을 챙겨서 검정이와 부들나루로 가 버렸다.

한참 있다가 아버지가 이름이한테 물었다.

"너는 마음이 급하니?"

"아니."

"나도 그래."

"그런데 아부지는 빨래하기 싫어서 나를 학교에 안 보낸 거야?"

"그건 아니야."

"장관님 아들은 다른 나라에서 학교 다니지? 똑똑해?"

"본 적은 없지만 똑똑할 거야. 그러니까 외국까지 배우러 갔겠지."

"뭘 배우러?"

"뭐든."

"다 배워?"

"어, 아마⋯⋯. 그런데 보리수나무랑 어떻게 말하는지, 사향노루랑 어떻게 사귀는지, 새알은 어떻게 다루는지 그런 것은 안 배우지. 못 배워."

"그건 내가 선생님이야."

"그래. 그런데 왜 측백나무가 저기 서 있어? 내가 향나무 찾아오라고 했는데."

"급한데 향나무를 어떻게 찾아? 마침 측백나무가 도와준 거야. 아부지는 측백나무한테 고맙다고 해야 해."

아버지가 측백나무한테 다가갔다.

"고마워. 이제 가도 돼. 그리고 향나무더러 얼른 돌아오라고, 나무들한테 말 좀 옮겨."

"알았어."

측백나무가 뒤뜰로 휙 사라졌다.

나무들끼리 서로 말을 옮기면, 곧 달팽이산 골짜기마다 말이 퍼지고, 어딘가에 있을 향나무도 자기가 돌아와야 한다는 것을 알게 될 것이다.

한편, 검정이와 아저씨는 막 부들나루에 닿았다. 둘이 밤낚시를 하러 온다는 소식은 둘보다 한참 먼저 나루터에 닿아 있었다. 나무들은 산들바람이 움직이는 것만큼 빠르게 말을 옮길 수 있다.

"저기 온다."

나루터 옆 호랑버들이 황소

개구리한테 말했다. 황소개구리는 황소 소리로 물속 동무들한테 낚시꾼이 왔다고 알렸다.

"개구리 소리 참 요란하구나. 여기가 좋겠어."

아저씨는 나루터 옆에 자리를 잡고 낚시 가방을 열었다. 검정이는 그 옆에 엉덩이를 땅에 붙이고 앉았다. 가까이에서 풀벌레 소리, 멀리서는 산새 소리가 들렸다. 이따금 고라니 소리도 들렸다. 물에서는 황소개구리가 가락을 맞추어 노래했다.

"밤낚시, 밤낚시, 쓰레기를 치우자."

"좀 조용히 햇!"

검정이가 소리쳤다.

"검정아, 왜 그래? 낚시할 때는 떠들지 말고 가만히 있어."

검정이 짖는 소리에 아저씨가 말했다. 그러면서 낚싯줄을 물에 던져 넣었다. 물 위에 뜬 찌가 샛노랗게 빛을 냈다.

물속에서는 낚싯바늘 둘레로 고기들이 모여들었다.

"무엇부터 내보낼까?"

꺽지가 꼬리로 낚싯줄을 탁탁 건드리면서 말했다.

"요건 어때?"

"그건 너무 커."

"그럼 이거는?"

"저게 좋겠어."

피라미랑 갈겨니랑 쏘가리랑 빠가사리가 속닥거렸다. 물 밖에서는 검정이와 아저씨가 흔들리는 찌를 보고 있었다.

피라미

갈겨니

쏘가리

"고기가 벌써 입질을 하네."

아저씨는 낚싯대를 붙들고 잡아챌 준비를 했다. 바로 그때 찌가 위로 솟구쳤다.

"물었어!"

낚싯대를 잡아챘다. 낚싯줄이 팽팽했다. 그런데 다 끌어내고 보니, 낚싯바늘에 물이 가득 든 비닐 과자 봉지가 걸려 있었다.

"놓쳤네. 검정아, 너도 찌가 흔들리는 거 봤지?"

아저씨는 서둘러 낚싯바늘에 미끼를 달아 다시 물속으로 던졌다. 꺽지가 물 위로 솟구쳐 올라 첨벙, 물너울을 일으켰다.

"저 봐, 고기가 있어. 크다!"

그러면서 아저씨는 찌를 노려보았다. 검정이도 엉덩이를 땅에 붙인 채 앞발을 꼿꼿이 세우고 찌를 노려보았다.

"자, 이번엔 뭐로 하지?"

"이걸 내보내자."

고기들은 낚싯바늘 둘레에서 다시 뜻을 모았다.

이윽고 찌가 물 위에서 까딱거렸다.

"또 신호가 왔어."

아저씨는 낚싯대를 단단히 잡았다. 때맞춰 찌가 위로 솟구쳤다.

"잡았어!"

낚싯줄이 끊어질 것처럼 팽팽했다. 그런데 끌어내고 보니 이번에는 쭈그러진 맥주 깡통이었다. 알루미늄 깡통 따는 고리에 낚싯바늘이 곱게 걸려 있었다.

검정이는 숲 쪽으로 고개를 살짝 돌렸다. 쓰레기를 하나씩 건질 때마다 풀벌레들이 깔깔대는 소리가 들렸다. 풀이랑 나무들이 킥킥거리는 소리도 들렸다.

"검정아, 너는 거기서 뭐하니? 숲에 들어가서 동무들이나 만나 봐."

나무가 속삭였다.

"잘 들어 봐, 저기 너를 부르는 소리."

풀벌레가 속삭였다.

"안 돼! 나는 주인님 옆에 있어야 해."

검정이가 소리를 질렀다. 산 위로 달이 예쁘게 웃으면서 떠올랐다.

아저씨는 다시 낚싯대를 드리웠다. 이번에는 쏘가리가 물 위로 튀어 올라 첨벙, 물너울을 일으켰다. 아저씨는 얼른 낚싯대를 거두어서 낚싯바늘을 큰 것으로 바꿔 달았다.

"잡고 말겠어!"

낚싯대를 물에 드리우자마자 기다렸다는 듯이 찌가 까딱거렸다. 낚싯대를 잡은 손이 파르르 떨렸다. 곧이어 찌가 솟구치자, 잽싸게 잡아챘다.

"크다, 크다!"

낚싯대가 활처럼 휘청휘청 구부러졌다. 하지만 힘들게 끌어내고 보니 이번에는 장화였다. 목이 아주 긴 고무장화였다. 신으면 허벅지까지 들어갈 만큼 컸다.

검정이는 다시 숲 쪽으로 고개를 돌렸다.

"이리 와, 이리 와아."

숲에서 누가 자꾸 부르는 것 같았다.

"미끼를 바꿔 봐야겠어."

아저씨는 이제 제정신이 아니었다. 피라미랑 갈겨니가 함께 물 위로 튀어 올라 작은 물너울을 일으켰다. 뒤이어 꺽지가 튀어 올라 풍덩, 물소리를 냈다. 뒤따라 쏘가리가 첨벙, 물소리를 냈다. 곧이어 또 다른 물고기가 튀어 올랐다. 여기저기서 물고기들이 물 위로 튀어 올랐다가 첨벙거리며 물너울을 만들었다. 둘레가 온통 물고기 첨벙대는 소리로 시끄러웠다.

"이, 이거 뭔가 잘못되었어. 검정아, 이 고기들이 이상해!"

아저씨가 검정이 쪽을 돌아보았다. 그런데 검정이가 없었다.

"검정아, 검정아!"

아저씨는 겁이 덜컥 났다.

부연 달빛 아래, 물 위로 물고기들이 쉴 새 없이 튀어 올라 신 나게 춤을 추었다.

4. 호랑이굴

　밤중에 검정이가 없어졌다는 말에 이름이 아버지는 조금 놀랐다. 낚시 갔던 주인아저씨가 낚시 가방도 안 챙기고 부들나루에서 달려 왔던 것이다. 아저씨는 이름이 아버지더러 검정이를 찾아보게 하고, 허둥지둥 차를 몰고 별장을 떠나 버렸다.

　"사장님이 많이 놀란 모양이네. 이름아, 검정이 좀 찾아보자."

　"지금?"

　"사나운 짐승이 해치면 어떡하니."

　"알았어. 내가 그러지 말라고 해 놓을게."

이름이는 잠이 덜 깬 눈으로 뒤뜰로 갔다. 아버지는 서둘러 부들나루로 갔다. 이름이가 울타리 너머 쥐똥나무에게 말했다.

"너는 어디 놀러 안 다니니? 검정이가 없어졌어. 좀 찾아봐 줘."

"안 돼. 놀러 갔다가 이제 막 돌아왔어."

"그럼 다른 나무한테 말 좀 옮겨 줘."

동물 동무들한테도 알려야 하는데, 한밤이라 아무도 안

자주달개비

보였다. 마침 자주달개비 풀떨기 사이로 반딧불이가 빛을 내고 있었다.

"개똥아, 검정이가 없어졌어. 검정이를 해치지 말라고 네가 날아다니면서 말 좀 해 줘."

"나는 짝 찾으러 다녀야 하는데."

"짝 찾으러 다니면서 알리면 되잖아. 숲 속 사나운 동무들이 얼른 알아야 해."

그래 놓고 이름이는 방으로 들어와 잤다.

아침에 눈을 뜨니 그때까지 검정이가 안

반딧불이

돌아와 있었다.

"아부지, 검정이 못 찾았어?"

"어, 부들나루에 가서 낚싯대만 걷어 왔어. 온 숲에 알려 놨으니까 괜찮을 거야."

"이상하네. 검정이가 왜 혼자 숲으로 들어갔지?"

"엊저녁에 긴 늪에 사는 물고기들이 사장님을 놀린 모양이야."

"어떻게?"

"소금쟁이 말로는 낚싯바늘에 장화를 달아 놓고 물 위로 뛰어 올라 춤을 추었대. 숲 속 나무들은 검정이를 놀리고."

소금쟁이

"그럼 내가 숲에 들어가 볼게."

아침을 먹고, 이름이가 별장을 나섰다. 먼저 부들나루로 갔다. 잔별늪 둑길을 걷는데 풀숲에서 풀벌레들이 웃고 떠들다가 이름이가 지나가자 뚝 그쳤다.

"어젯밤에 너희도 검정이 놀렸어?"

"우, 우리는 그냥 재미삼아 그랬어."

"그래도 너무했어. 검정이가 아직도 안 돌아왔잖아."

싸리나무

"그래? 그럼 함지골로 가 봐. 그리로 갔어."

함지골로 들어서며 싸리나무한테 물었다.

"어젯밤에 너희도 검정이 놀렸어?"

"아직도 안 돌아왔어? 우리는 장난으로 그런 건데."

"장난이 심했어."

"어쩌나. 선녀골로 가 봐. 그리로 갔어."

엄나무재를 돌아 선녀골로 올라갔
다. 더웠다. 해가 선녀골에 먼저 와
있었다. 땀이 나서 옷이 등에 척
척 들러붙었다. 그늘로 들어서며
상수리나무한테 물었다.

"혹시 검정이 못 봤니?"

"아, 아직 안 돌아왔어?"

"다들 너무 심했어."

"우리는 그냥 검정이랑 '길
찾기 놀이'를 한 건데……"

"어떻게?"

"우리가 양쪽으로 구불구불 늘어서서, 없던 길을 이리저리 만드는 거지. 검정이가 살짝 헤매도록."

"그건 길을 잃게 하는 놀이잖아! 그러니까 잃어버리지."

"미안. 첫내골로 가 봐. 그리로 갔어. 걱정하지 마, 아무 일도 없을 거야."

선녀골에서 돌아 나와, 땀을 뻘뻘 흘리며 첫내골로 올라갔다. 칡덩굴이 얽힌 비탈길을 오르다가 고라니를 만났다.

"검정이 못 봤니?"

"검정이 왔어?"

"어제저녁에 왔어. 그런데 나무들이 장난을 쳐서 숲에서 길을 잃은 모양이야."

"그랬구나. 나는 몰랐네."

이름이가 칡덩굴에게 물었다.

"너희는 아는 거 없니?"

"우리는 안 돌아다녀서 몰라."

고라니와 함께 첫내골 들머리에 닿았다. 오래된 소나무들이 높다랗게 해를 가리며 서 있었다. 바닥에는 마른 솔잎이 쌓여서 이불 위를 걷는 것처럼 푹신했다. 고라니가 아름드리 소나무에게 물었다.

"지난밤에 혹시 검정이를 따라다니면서 놀리지 않았어요?"

"그건 어린나무들이나 하는 일이지. 우리는 옮겨 다니지 않아."

"보지도 못했어요?"

"이리로 지나가긴 했는데, 돌아오는 것은 못 봤어."

그때 소나무 가지에서 부엉이가 잠꼬대처럼 말했다.

"아, 잠 좀 자자. 저 위 골짜기 물어봐한테 가서 물어봐."

"알았어. 너한테는 지금이 밤이구나."

"아니, 나한테도 지금은 낮이야. 그저 일을 밤에……"

부엉이는 말을 채 못 끝내고 잠이 들었다. 마른 솔잎을 살금살금 밟으며 소나무 숲을 나왔다. 숲을 벗어나자 해가 머리 위에서 기다리고 있었다.

"오늘 정말 더워."

이마에서 또 땀이 흘렀다. 먼저 흐른 땀은 말라서 소금 가루처럼 끈적거렸다. 고라니가 이름이 이마를 혓바닥으로 핥아 보더니 말했다.

"으, 짜. 소금, 소금."

산철쭉 밭에 닿았다. 나무 아래로 물소리가 들렸다. 묻기도 전에 산철쭉이 먼저 말했다.

"우리는 그저 몸을 비켜 준 것밖에 없어. 검정이가 하도 급하게 물을 찾기에 길을 터 주었지."

"물 먹고는 어느 쪽으로 갔어?"

"깔딱고개 쪽으로."

이름이와 고라니는 산철쭉을 비집고 들어가 물을 마셨다. 여기 첫 내골에서 시작한 개울물은 골짜기를 따라 내려가다가 선녀골에서 내려온 물을 만나, 함지골을 지나고 마침내 잔별늪으로 흘러든다.

"어떻게 여기까지 왔지? 검정이가 뭐에 홀렸나 봐. 혹시 도깨비?"

이름이가 입가에 묻은 물을 손등으로 훔치며 말하자 고라니가 뒤로 한 걸음 물러섰다.

"이름아, 나 이제 같이 안 갈래."

"왜? 도깨비가 무섭니?"

"아니, 깔딱고개 아래 바위 낭떠러지에 있는 호랑이굴."

"야, 호랑이는 없어."

"굴에 들어가 봤어?"

"들어가 본 적은 없지만, 이 산에 호랑이가 안 산 지는 오래됐잖아."

"그래도 안 갈래. 그 굴 가까이는 아무도 안 가."

"그래, 그럼. 여기까지 함께 와 줘서 고마워."

고라니는 왔던 길을 돌아내려 갔다. 이름이는 깔딱고개를 바라보며 올라갔다. 길옆에서 산마늘이 말했다.

"내가 함께 가 주고 싶은데, 오늘은 해가 너무 뜨거워."

정말 너무 뜨거웠다. 모두 그늘에서 쉬고 있는지, 오늘따라 동물 동무들도 안 보였다. 마침 느릅나무 위에 있던 자벌레가 함께 가겠다고 해서 왼쪽 어깨 위에 태웠다.

가파른 바윗길을 걸어 마침내 호랑이굴 앞에 닿았다. 굴 앞 널찍한 바위에 올라서자 발아래로 산자락이 한눈에 들어왔다. '검정아!' 하고 온 산이 울리도록 소리쳐 보려다가, 갓 태어난 어린 동물들이 놀랄까 봐 그만두었다. 부엉이처럼 잠을 자는 동물도 많을 것이다.

"가만! 검정이 소리가 들려."

어깨 위에서 자벌레가 말했다.

"어디? 어느 쪽?"

"굴 안에서 들렸어."

호랑이굴 안으로 조심조심 들어갔다. 바닥도 벽도 천장도 모두 우둘투둘한 바위였다. 바람이 서늘하게 느껴졌다. 호랑이가 튀어나올 것 같았다. '검정아.' 하고 나지막이 불러 보려는데, 안에서 어떤 소리가 먼저 들려왔다.

"너는 이제부터 호랑이다."

"아이, 저는 개라니까요. 검정이."

"어허, 내가 호랑이라면 호랑이야!"

이름이가 벽에 붙어 서서 가만히 살펴보니 검정이가 어떤 할아버지랑 마주 앉아 있었다.

자벌레

"저 할아버지는 누구지?"

"몰라."

자벌레가 어깨너머 등 쪽으로 슬그머니 숨었다.

할아버지는 흰머리, 흰 눈썹, 흰 수염에 하얀 옷을
입고 있었다. 옷을 얼마나 오래 안 빨아 입었는지, 때
가 타서 누렇게 보였다. 머리도 얼마 동안 안 잘랐는
지, 귀밑까지 마른풀처럼 치렁거렸다. 이름이
가 살며시 다가서며 검정이를 불렀다.

"검정아."

"어, 이름아! 왜 이제야
왔어."

검정이가 이름이에게 뛰
어와 안겼다. 바로 그때 할아버
지가 굴 안이 쩌렁 울리도록 소리쳤다.

"네 이노옴! 너는 누구냐. 어디 감히 내 호랑이를 건드려!"

그 바람에 검정이가 도로 처음 자리로 돌아가 앉았다.

"할아버지는 누구신데요? 검정이는 호랑이가 아니에요."

"떽! 호랑이를 보고 검정이라는 네놈은 누구냐?"

"저는 이름이인데요. 저 아래 별장에 살아요. 검정이를 찾으러 왔

어요.”

“그럼 얼른 나가서 찾아보아라.”

“쟤가 검정이라니까요.”

“어허, 이놈이 그래도!”

할아버지가 눈을 부릅떴다. 눈썹이 하얀 깃털처럼 나풀거렸다. 이름이는 말이 더 안 나왔다. 검정이도 답답하다는 듯이 나직하게 말했다.

“아무리 말해도 안 먹혀. 아주 괴짜 할아버지야. 귀도 살짝 먹었어. 그런데 나도 좀 이상해. 할아버지 앞에서는 꼼짝을 못 하겠어.”

“너는 뭐라고 중얼대는 거냐. 크게 말해야 알아먹지!”

할아버지가 검정이를 꾸짖었다. 그러더니 손짓으로 검정이를 불렀다. 검정이가 잽싸게 할아버지 옆에 가서 엎드렸다. 할아버지는 천천히 자리에서 일어나 검정이 등에 올라앉았다.

“가자.”

검정이가 굴 밖으로 달려 나갔다.

“먼저 돌아가. 나는 틈을 봐서 돌아갈게.”

이름이 옆을 지나면서 검정이가 재빨리 말했다.

"잠깐, 거기 서! 검정아! 할아버지!"

소리를 치면서 굴 밖으로 따라 나왔는데, 그사이에 어디로 사라졌는지 안 보였다.

"검정이가 사실은 호랑이 아니었을까? 나는 호랑이를 본 적이 없어서."

자벌레가 다시 어깨 위로 올라와서 말했다.

5. 비 오는 날

"그 산신령 같은 할아버지가 검정이를 호랑이 다루듯 한다는 말이지?"

이름이가 집으로 돌아와 할아버지 만난 일을 말하자, 아버지가 이렇게 물었다.

"응. 그러니까 아부지가 내일 호랑이굴에 가 봐."

"알았어. 참 별난 할아버지네. 남의 개를 어떻게 마음대로 그럴 수 있담. 사장님이 검정이 찾았는지 궁금해 하시는데."

"또 전화 오면, 찾기는 찾았는데 어떤 괴짜 할아버지가 검정이를 꼬여서 못되게 군다고 그래. 아부지보고 찾아서 데려오래?"

"아니, 데리고 있으래. 그리고 부들나루에 가서 밤낚시를 해 보래."

"그건 내가 할게. 나 쏘가리한테 물어볼 말 있어."

"무슨 말? 용궁?"

"응."

"용궁은 없다니깐."

"정말로 없는지 내가 알아본다니깐."

그런데 해질 무렵부터 하늘이 끄무레하더니 저녁밥을 먹고 나자 비가 부슬부슬 내렸다. 그다음 날은 비가 아주 굵게 내렸다. 바람도 세게 불었다. 아침을 먹자마자 아버지는 비옷을 차려입고 등산화를 신었다.

"나도 갈래."

"비 오는 데 그냥 있어. 내가 할아버지 만나 보고 검정이 데려올게."

아버지는 나무 지팡이를 땅에 끌면서 호랑이굴로 떠났다.

이름이는 아버지 고무신을 신고 우산을 썼다. 비 오는 날은 심심하다. 이런 날 도랑이나 풀숲으로 동무를 찾아가면 동무가 얼마나 좋아하는지 모른다. 고무신을 신고 우산 위에 떨어지는 빗소리를 들으며 마당을 철벅철벅 걷고 있는데 두꺼비가 마당으로 들어왔다.

"어, 내가 먼저 찾아가려고 했는데."

"뭐 해?"

"그냥 마당을 걸어 다니고 있었어."

"비가 너무 많이 내리네. 밤새 도랑물이 불었어."

"집이 물에 잠겼니?"

"아니, 아직 잠기지는 않았는데, 혹시 모르니까 오늘 밤에는 여기서 지내야겠어."

"그렇게 해. 그럼 나 대신 집 좀 보고 있어."

이름이는 두꺼비한테 집을 맡기고 밖으로 나왔다. 빗줄기가 더 굵어졌다. 우산에 구멍이라도 뚫을 것처럼 사납게 떨어졌다. 조금 가다가 미꾸라지를 만났다. 커다란 미꾸라지가 길에 올라와, 고인 빗물에서 꼬불탕꼬불탕 헤엄치고 있었다.

"미꾸라지야, 길에 어떻게 올라왔어?"

"빗줄기를 타고 하늘로 헤엄쳐 날다가 여기 떨어졌어. 다시 날아오르고 싶은데 잘 안되네."

"거짓말. 새가 너를 잡아가다가 너무 미끄러워서 떨어뜨렸니?"

"참말이야. 빗줄기 속을 헤엄쳤다니까."

"정말? 알았어, 내가 도랑으로 데려다 줄게."

이름이는 한쪽 고무신을 벗어 미꾸라지를 담아 들었다.

조금 걷다가 이번에는 지렁이를 만났다. 빗물에 몸이 불어서 미꾸라지처럼 통통했다.

"지렁아, 왜 여기 나와 있니?"

"비 때문에 땅속이 너무 질척해져서 숨을 쉴 수가 없어. 그래서 길 건너 저쪽 땅으로 가는 길이야."

"그럼 빨리 건너가야지, 그러다 두더지나 고슴도치라도 만나면 어쩌니?"

이름이는 지렁이를 풀잎으로 싸서 건너편 땅으로 옮겨 주었다.

"고마워."

"얼른 땅속으로 들어가. 개미 떼가 나타날지도 모르잖아."

지렁이는 몸을 꿈틀거리며 흙 속으로 파고들어 갔다. 지렁이한테서 눈을 돌리다가 우산나물 줄기에 붙어서 비를 피하고 있는 노린재를 보았다. 허리가 개미허리처럼 잘록

우산나물

한 노린재였다.

"노린재야, 너도 우산 쓰고 있니? 내가 더 큰 우산 씌워 줄까?"

"괜찮아. 비는 언제까지 온대?"

"몰라. 하늘이 아직도 많이 어두워. 어쩌면 개미들이 알지도 모르는데, 비가 오니까 모두 굴속에 있나 봐."

이름이는 우산 바깥으로 하늘을 올려다보았다. 어두컴컴한 하늘에서 빗줄기가 쉬지 않고 주룩주룩 쏟아졌다.

"나 언제까지 고무신 안에 있어야 해?"

"어, 미안. 빨리 데려다 줄게. 잔별늪까지 데려다 줄까?"

"그냥 도랑에 내려 줘."

얼른 도랑에 닿아 미꾸라지를 내려 주었다.

"너도 들어와."

마침 빗줄기가 조금 가늘어졌다. 우산을 내려놓고 고무신을 벗고 도랑으로 들어섰다. 보통 때 발목에서 찰랑거리던 도랑물이 장딴지 위에까지 올라왔다. 물살을 가르며 도랑을 거슬러 올라갔다가 뒤돌아 내려오면, 물살이 장딴지를 휘감아 당기며 줄줄이 먼저 내려갔다. 그렇게 휘청거리며 도랑을 오르내리다가, 이번에는 고무신을 배처럼 띄우며 놀았다. 고무신을 위쪽으로 던져 놓으면 물살이 고무신을 둥둥 떠메고 내려왔다.

잘못 던지면 고무신이 물속에 잠겨서 내려왔다. 처음에는 고무신을 바로 위쪽에 던지다가 갈수록 조금씩 멀리 던졌다. 놓칠 듯 말

듯, 고무신을 건져 내는 재미가 짜릿했다.

그렇게 조금 더 위쪽으로 신을 던졌을 때, 고무신이랑 함께 작은 새알이 동동 떠내려왔다.

"어, 새알이다!"

이름이는 얼른 새알을 건졌다. 그 바람에 고무신이 아래로 떠내려 갔다.

"거기 서!"

이름이가 물살을 따라 내려갔지만, 고무신을 따라잡을 수 없었다. 이름이는 얼른 물 밖으로 나와 길을 따라 뛰었다. 하지만 길과 나란히 흐르던 도랑은 곧 길과 갈라져서 찔레 덤불 속으로 들어가 버렸다. 도랑물은 그렇게 찔레 덤불을 지나고 달뿌리 수풀을 지나서 잔별늪으로 흘러든다.

"잔별늪에 가서 찾아야겠어."

그러면서 손에 쥐고 있던 새알을 펴 보았다. 이제 보니 알껍데기가 얇고 말랑말랑한 것이 새알이 아니다.

"뱀 알인가? 자라 알?"

그때 하늘에서 왜가리가 말했다.

"야, 소금! 그 알 나 줘."

왜가리는 찔레 덤불 너머 묵은 논에 성큼 내려앉았다.

"이 알 내 거 아니야. 그런데 내가 왜 소금이야?"

"숲에 들어가 봐. 모두 그렇게 부르기로 했어, 새돌소금."

"돌소금? 그런 게 어디 있어! 내 이름을 너희 마음대로 지어 부르는 게 어디 있어! 누구야, 누가 처음에 그렇게 말했어?"

"어제 고라니가 네 이마를 핥았더니 짰다며. 새돌소금, 마음에 안 들어?"

이름이는 속으로 얼른 이름을 중얼거려 보았다.

새 돌소금, 새돌 소금, 새돌소 금.

"새돌이는 괜찮은데, 소금이 뭐야."

"새돌이는 까치가 붙였어. 까치가 바깥에 나갔다가 듣고 왔대."

"바깥 어디?"

"해맞이고개 너머 강 마을에."

"숲에 들어가 봐야겠어."

"왜? 따지려고?"

"나도 인제 내 마음대로 너희 이름을 지어 부를 거야. 개구리대장, 오늘은 개구리 몇 마리 먹었니?"

"작은 물고기 한 마리밖에 못 먹었어. 그 알 나 줘."

"그런 소리 마."

이름이는 왜가리 몰래 알을 도랑가 풀숲 모래흙에 살짝 숨겨 주고 집으로 왔다. 신을 갈아 신고 숲 으로 들어가 볼 생각이었다.

"두껍아, 이제부터 너는 우둘투둘 콩떡이야. 콩 떡아, 아부지 아직 안 왔지?"

"응. 콩떡 마음에 들어. 그런데 전화기가 여섯 번이나 길게 울었어."

"검정이가 궁금해서 주인아저씨가 전화했을 거야."

새돌이는 우산 대신 비옷을 입었다. 모자가 달린 풀빛 비옷을 입고, 콩떡에게 다시 집을 맡기고, 뒤뜰 샛문으로 나왔다. 어느새 빗줄기가 골풀 줄기처럼 가늘어졌다. 함지골로 질러가는 졸 초등학교 오솔길로 들어서자 작은 바위틈에서 다람쥐가 내다보며 말했다.

까마귀

"어, 새돌소금! 비 오는데 어디 가?"

"어, 오물오물 줄무늬! 비 오는데 뭐 해?"

다람쥐가 눈을 껌벅이더니 바위 아래 굴로 몸을 감추었다.

'히히, 이제 내 기분 알겠지? 그런데 애들이 정말로 마음을 하나로 모았나 보네.'

조금 더 가자 이번에는 까마귀가 참나무 위에서 내려다보며 말했다.

"새돌소금! 그렇게 입으니까 작은 나무가 걸어오는 것 같아."

“어, 말하는 숯덩이! 어쩌면 네 몸속에서 빨간 숯불이 타고 있을지도 몰라.”

“야, 왜 그래? 새 이름이 마음에 안 들어?”

“처음에는 아주 별나고 엉뚱하게 들렸어.”

“마음에 안 든다면 어쩔 수 없지, 뭐. 우리는 어떤가 싶어서 한 번씩 불러 봐 주기로 한 거야.”

“그런데 자꾸 들으니까 조금씩 나아지고 있어. 좀 더 들어 봐야겠어.”

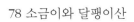

까마귀와 헤어져 굽이진 산길을 돌았다. 산자락을 다 돌면 함지골에서 물소리가 먼저 들려온다. 이번에는 소리가 꽤 클 것 같았다. 골짜기 물은 비가 내릴 때보다 비가 그친 다음에 더 많이 불어난다고 아버지가 그랬다.

산모롱이를 돌고 있을 때, 멀리서

고라니가 달려왔다.

'고라니 너 잘 만났어.'

새돌이는 얼른 고라니 새 이름을 생각했다. 그사이에 고라니가 헐레벌떡 달려와서 말했다.

"소금아, 큰일 났어!"

"그, 그러니."

얼떨결에 지은 고라니 새 이름은 '그러니'다.

"뭐가 그러니야, 큰일 났다니까. 함지골에 커다랗게 구멍이 뚫렸어. 첫내골이랑 선녀골에서 내려온 물이 그 구멍으로 다 쏟아져 내리고 있어!"

"그럼 잔별늪으로는 한 방울도 안 흘러?"

"그렇다니까."

그러니를 앞세우고 얼른 함지골로 갔다. 숲에 사는 동무들이 다 모여 있었다. 정말로 땅에 커다란 구멍이 뚫려서 골짜기 물이 그 구멍으로 모조리 쏟아져 들어갔다. 구멍 둘레에 서서 안을 내려다보았지만, 물보라에 가려서 아무것도 보이지 않았다. 아주 깊은 곳으로

떨어지는 물소리만 우렁우렁 울려 나왔다.

"이걸 어떻게 막지?"

"가재랑 작은 물고기들이 휩쓸려 떨어졌어."

"누가 내려가서 무슨 까닭인지 알아봐야 하잖아."

"저 아래를?"

숲 속 동무들이 모두 소금이를 보았다.

"나? 내가?"

아무도 아니라고 말하지 않았다.

"나도 저 아래가 궁금해. 그렇지만……."

"무서우면 내가 함께 가 줄게."

달팽이가 나섰다.

"나도 갈게."

등이 팥떡같이 도톨도톨한 옴개구리도 나섰다.

"저길 어떻게 내려가?"

"한나절만 기다려. 우리가 덩굴 사다리를 놓아 줄게."

조금 떨어진 언덕에서 칡덩굴과 노박덩굴이 말했다.

6. 땅 밑으로

새돌이가 물총새한테 말했다.

"집에 가서 우리 아부지한테 나 땅 밑에 잠깐 가 보고 온다고 말 좀 해 줘. 그리고 고무신 한 짝은 잔별늪으로 떠내려갔다고 그래."

"알았어. 집에 없으면?"

"두꺼비 콩떡한테 대신 말해 놔."

"콩떡? 나도 다른 이름이 있으면 좋겠어. 물총은 나하고 안 어울려."

"그래? 그러면 음, 풍덩새는 어때? 물고양이도 괜찮네. 고양이처럼 물고기를 좋아하잖아. 목소리도 둘이 살짝 닮았어."

"풍덩새로 할래."

그러자 다른 동무들도 덩달아 이름을 하나씩 얻고 싶어 했다.

"나는 황금이란 말이 싫어."

흰눈썹황금새가 말했다.

"그럼 그냥 흰눈썹노란새라고 해."

"나는 오소리라는 이름이 더없이 좋아. 그래도 하나
더 있으면 나쁠 거야 없지."

흰눈썹황금새

오소리가 말했다.

"꽃소리는 어때? 풀꽃들이랑 잘 지내잖아."

옆에 있던 너구리가 대신 이름을 지었다.

"꽃소리? 마음에 들어. 그런데 이리 좋은 이름을 내가 해도 돼?"

된다는 뜻으로 모두 오소리 새 이름을 한 번씩 불러
주었다.

무당개구리는 비단개구리라는 이름이 따로 있는데도
꽃개구리로 불러 달라며, 몸을 뒤집어 나리꽃같이 붉은

무당개구리

배를 내보였다. 독을 지닌 살무사는 머리세모몸통
통이라는 조금 긴 이름을 새로 얻었다.

살무사

"줄여서 몸통통이라고 부를게."

고라니가 몸통통이한테 말했다. 고라니는 이름을 다시 지어 주겠
다는데도, 그러니가 마음에 든다며 그러니로 하겠다고 했다.

이렇게 서로 이름을 지어 주는 동안 칡덩굴과 노박덩굴은 부지런
히 덩굴 사다리를 만들었다. 비는 실처럼 가늘게 끊어지지 않고 보
슬보슬 내렸다. 모자바위 아래 도깨비골에는 안개구름이 연기처럼
뿌옇게 피어올랐다.

그때, 검정이가 나타났다. 첫내골 쪽에서 헐레벌떡 달려 내려왔다.

"여기 다 모여 있네. 이름아, 큰일 났어. 골짜기 물이 불어나서 할
아버지가!"

"할아버지가 물에 떠내려갔니?"

산신령 할아버지가 물에 휩쓸려서 땅 밑으로 떠내려간 줄 알고 동
무들이 모두 깜짝 놀랐다.

"할아버지가 첫내골에서 낯 씻고 발 씻다가 고무신을 한 짝 잃어

버렸어."

"에이, 난 또 뭐라고. 그거야 찾으면 되지. 아무리 멀리 떠내려가
도 잔별늪에 가면 있어."

말을 하다 보니 그게 아니었다. 할아버지 고무신은 잔별늪으로 떠

내려가다가 이 물구멍에서 땅 밑으로 떨어져 버렸을 수도 있었다.

"이 구멍은 어쩌다 생겼어? 여기도 큰일이 났네. 그런데 할아버지가 더 큰일이야. 떼를 쓰면서 막 울고 있어."

검정이가 구멍 안을 내려다보면서 말했다.

"그깟 일로 울어?"

수달이 나서며 물었다.

"응, 신발을 찾아내라면서 아이처럼 울고 있어."

"소금아, 가 보자. 내가 한번 찾아볼게."

"그래, 어쩌면 돌 틈이나 나뭇가지에 걸려 있을 수도 있어."

검정이를 앞세우고 수달이랑 첫내골에 다녀오기로 했다. 달팽이 윈돌이가 함께 가겠다며 나서는 것을 겨우 말렸다.

"참, 검정아, 아부지 못 만났니? 호랑이굴에 안 갔어?"

"굴에 안 있어서 몰라. 밤새 지리산에 갔다가 아까 막 온걸, 뭐."

"지리산? 그렇게 먼 데를 하룻밤 만에 갔다 와?"

"그러게. 그런데 호랑이는 그쯤은 거뜬히 달려야 한대. 할아버지 때문에 내가 고단해 쓰러지겠어."

검정이가 울상을 지었다.

수달이 물었다.

"거기는 왜 갔는데?"

"할머니 만나러, 지리산 산신령 할머니."

"만났어?"

"응. 할머니는 더 무서워. 살살 말하는데도 산이 쩌렁쩌렁 울려."

그 말에 수달은 슬그머니 물로 들어갔다. 골짜기를 흐르는 물을 거슬러 오르며 고무신을 찾기 시작했다.

"할아버지가 진짜로 산신령일까? 그런데 나는 왜 별로 안 무섭지? 검정아, 산신령 할머니는 어떻게 생겼어?"

"할아버지랑 별로 안 달라. 머리가 하얗고 눈썹도 하얗고. 아, 수염은 없었구나. 그리고 하얀 저고리에 검정 치마를 입었어. 처음부터 검정이었는지 오래 입어서 까매졌는지, 그건 잘 모르겠어."

"한번 보고 싶다."

"할머니를? 여기 한번 오겠다고 했어. 이번에 할아버지가 갔으니까 다음번에는 할머니가 오겠대."

수달은 부지런히 헤엄치며 물속을 샅샅이 뒤졌다. 아무래도 고무신이 멀리까지 떠내려가 버린 모양이었다.

"검정아, 나 이름 새로 하나 생겼어. 새돌소금."

"소금?"

"응, 숲 속 동무들이 지어 주었어. 그런데 자꾸 소금이라고 불러, 나는 새돌이가 좋은데."

"알았어, 소금아, 나는 새돌이라고 불러 줄게."

"너도 지금 소금이라고 그랬어."

"아, 미안. 그런데 우리 주인아저씨 빨리 왔으면 좋겠어. 서울 가고 싶어. 할아버지가 서울까지 찾아오지는 않겠지?"

"아저씨가 아부지한테 전화해서 너를 찾아 놓으라고 했대. 아부지가 할아버지를 이길 수 있을까?"

마침내 첫내골에 이르렀다. 버섯다리 앞에서 할아버지가 우이우이 울고 있었다. 쓰러진 나무 등걸에 앉아 울다가, 벌겋게 된 눈으로 새돌이를 보았다.

"네 녀석은 또 왜 왔어?"

"할아버지가 고무신을 잃어버렸다고 해서요."

"찾았냐?"

"수달이 물속을 뒤져 봤는데요, 못 찾았어요."

"떽! 물에 빠졌는데 왜 물에 없어? 냉큼 다시 찾아봐. 얼른 찾아내!"

할아버지가 큰소리를 쳤다. 수달은 물에서 머리만 내놓고 있다가 재빨리 물속으로 숨었다.

"알겠어요. 그런데 신이 잔별늪까지 떠내려갔나 봐요. 어쩌면 함지골 물구멍으로 떨어졌는지도 몰라요."

"그럼 거기 가서 찾아야지! 저 수달 녀석은 저기서 뭐하는 거냐!"

"자꾸 성내지 마세요. 별로 안 무서워요. 저도 고무신을 잃어버렸는데 아무한테도 성내지 않았어요."

"뭣이?"

"집에 고무신이 한 짝만 남아 있다고요."

"고무신을 왜 네 녀석 집에 가져다 놔?"

"할아버지 고무신 아니에요."

"이 고얀 녀석! 당장 가져오지 못해?"

그때 검정이가 나섰다.

"할아버지가 또 귀가 잘 안 들리나 봐. 고함을 치고 나면 귀가 먹먹해지는 모양이야."

"그러지 말고 아부지 고무신 한 짝을 가져다 드릴까?"

"아저씨가 찾으면?"

"할아버지한테 잠깐 빌려 드렸다고 하지 뭐. 그래야겠다. 네가 달려가서 물고 와."

"좋아, 내가 얼마나 빨리 달리는지 보여 줄게."

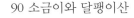

검정이가 말을 마치자마자 수풀 사이로 사라졌다. 검은 보자기가 휘익 지나가는 것 같았다.

"할아버지, 있잖아요, 제가 땅 밑에 가 보려고 하는데요, 검정이

좀 데려가면 안 돼요?"

"누구?"

"검정이요! 제가 함지골 물구멍으로 땅 밑에 내려가 보려고요."

"알았어. 근데 내 호랑이는 어디 갔느냐?"

"고무신 가지러 갔잖아요. 할아버지! 검정이 아니, 호랑이 데리고 땅 밑에 갔다 와도 된다고 그랬지요?"

"이런 엉뚱한 녀석을 봤나? 누구 맘대로 호랑이를 데려가!"

"된다고 했잖아요."

"예끼, 고얀 녀석! 그런 소리 하려거든 가. 신이나 찾아 놓고, 다시는 오지 마!"

그러는 사이에 벌써 검정이가 돌아왔다. 정말 호랑이처럼 날째게 다녀왔다.

"할아버지, 여기 신발 가져왔어요."

검정이가 고무신을 할아버지 앞에 내려놓았다. 그런데 둘 다 왼쪽 고무신이어서 짝이 안 맞았다. 빛깔도 안 맞았다. 아버지 고무신이 할아버지 고무신보다 훨씬 하얗고 깨끗했다. 할아버지 고무신은 오

래되고 고무가 삭아서 잿빛이 비쳤다.

"옳거니, 내 고무신이구나. 딱 맞네."

할아버지는 왼쪽 고무신 두 짝을 한 발에 한 짝씩 신고, 나무 등걸
에서 일어나 검정이 등으로 옮겨 앉았다. 그러고는 새돌이한테 가까
이 오라고 손짓을 했다.

"땅 밑에 간다고 했느냐?"

"예."

"거기 가면 물귀신 영감 조심해."

"예?"

"이거 가져가."

그러면서 머리카락 한 올과 눈썹 두 가닥을 힘들게 골라잡고 뽑았다.

"머리카락하고 눈썹은 저도 있어요."

"떽! 어른이 주면 냉큼 받아야지! 이게 네 머리카락하고 같으냐?"

새돌이가 머리카락과 눈썹을 받았다. 받자마자 할아버지는 검정이와 함께 어디론가 사라져 버렸다.

"이걸 어떻게 가지고 간담."

새돌이가 혼잣말로 중얼거리자, 뒤에서 물오리나무가 말했다.

"내 잎으로 싸면 되지."

"고마워."

물오리나무한테 잎을 하나 얻었다. 잎에 머리카락이랑 눈썹을 곱게 싸서 바지 호주머니에 넣었다.

함지골로 돌아오자 그사이 물구멍 아래로 덩굴 사다리가 길게 늘

어져 있었다. 달팽이는 벌써 사다리를 타고 내려가고 있었다. 옴개

구리도 뒤를 따랐다.

　"비옷은 안 입는 게 낫겠지? 갔다 올게."

"잔별늪이 다 마르기 전에 돌아와야 해. 무슨 까닭인지 꼭 알아와."

동무들이 지켜보면서 말했다.

쏟아지는 물이랑 나란히 아래로 내려갔다. 물보라 때문에 발아래가 안 보였다. 물방울에 옷이 금세 다 젖었다. 물소리가 자꾸만 커졌다. 옴개구리는 잘도 내려갔다.

"야, 팥떡! 뭐가 보여?"

"안 보여. 덩굴 사다리도 이제 끝이야. 이러지 말고 그냥 뛰어내리자. 야, 왼돌이! 헤엄칠 수 있어?"

"물에 가라앉지는 않아."

달팽이가 말했다.

"그럼 뛰어들자. 준비됐지? 하나아, 두울, 셋!"

7. 사람이 없는 마을

눈을 뜨니 어느 강가 모래밭에 누워 있었다.

물구멍이 얼마나 깊은지 알 수 없어서 지붕에서 뛰어내리듯이 발을 먼저 내렸는데, 어찌나 한참 떨어지던지 몸이 거꾸로 돌고 옆으로 돌고 그렇게 몇 바퀴를 돌고 나서 물 위로 떨어졌다. 그때까지도 정신이 있었다. 그런데 물속으로 어찌나 깊이 빨려 내려가던지, 위로 올라가려고 발버둥을 치다가 코로 입으로 물을 몇 모금이나 들이켜고 끝내 숨이 막혀 기절해 버렸다. 마지막 몸부림을 하면서 눈을 부릅뜨고 살펴보니 밑에서 무엇인가 팔과 다리를 휘감아 자꾸 아래로 끌어당기고 있었다.

"소금아, 정신이 드니? 팥떡이 너를 겨우 끌어냈어."

달팽이 왼돌이가 말했다.

"팥떡아, 고마워. 으, 우리가 얼마나 떠내려온 거지? 머리카락 같은 물풀이 몸을 막 휘감았어."

"물풀 같은 머리카락인지도 몰라."

옴개구리 팥떡이 강물을 바라보며 말했다. 그런데 팥떡 몸이 새돌이만큼 커져 있었다. 가만 보니 왼돌이도 새돌이만큼 커 보였다.

"어떻게 된 거지? 둘 다 왜 이렇게 커졌어?"

"우리가? 나는 그대로야. 내가 보기에는 너랑 팥떡이 나만큼 작아졌어."

왼돌이가 말했다.

"내 눈에는 너희 둘이 나만 해졌는데? 소금이는 나만큼 작아지고 왼돌이는 나만큼 커지고."

팥떡이 눈을 껌벅이며 말했다. 둘러보니 보이는 것은 모래와 강물뿐이었다. 강물 속에도 모래뿐이었다. 물빛이 깨끗해서 바닥까지 훤히 보였다. 등 뒤 모래밭 끝에는 바위 벼랑이 높다랗게 버티고 있었다.

"이젠 어떡하지? 강을 건너야 할까?"

"모두 내 등에 올라타."

팥떡이 우둘투둘 넓적한 등을 보이며 말했다. 윈돌이가 올라탔다. 새돌이는 스스로 헤엄치기로 했다.

"물 밑을 조심해."

강 가운데로 헤엄쳐 가자 물빛이 조금씩 검어졌다. 물살도 세졌다. 부지런히 헤엄을 치는데도 앞으로는 얼마 나아가지 못하고 자꾸 아래로 떠밀려 내려갔다. 물 밑에는 머리카락 같은 물풀이 물살 따라 하늘거리고 있었다.

"팥떡아, 괜찮아?"

새돌이는 팔과 다리에서 힘이 조금씩 빠졌다. 밑으로 조금만 더

가라앉으면 발목에 물풀이 휘감길 것 같았다.

"힘들면 내 등에 올라타."

하지만 팥떡도 슬슬 지치는 모양이었다. 뒷다리를 처음처럼 힘차게 쭉쭉 뻗지 못했다. 강을 반도 채 못 건넜는데 자꾸 아래로 떠내려갔다.

"이러다 물에 가라앉고 말겠어."

왼돌이가 말했다. 그러나 돌아가기도 벌써 늦었다. 강 가운데서 이러지도 저러지도 못하고 푸우푸우 허우적거리며 자꾸 떠내려갔다. 이젠 떠 있기도 힘들었다. 그때였다.

"배다!"

희고 큰 배가 아래쪽에 둥둥 떠 가고 있었다. 팥떡이 먼저 헤엄쳐 가서 왼돌이와 함께 배에 올랐다. 새돌이도 뒤따라가서 올랐다. 타고 보니 배는 커다란 고무신이었다.

"이거 산신령 할아버지 고무신인가 봐. 세상에, 고무신이 배처럼 커졌어."

"그러고 있지 말고 어떻게 좀 해 봐! 배가 자꾸 떠내려가잖아."

왼돌이가 소리쳤다.

"삿대가 있어야 젓지."

"발로라도 저어. 팥떡은 이쪽, 새돌이는 저쪽!"

왼돌이가 선장처럼 말했다.

손으로 발로 부지런히 배를 저었다. 왼돌이가 뱃머리에서 길잡이 노릇을 했다. 마침내 건너편 강가에 닿았다. 하얀 모래 언덕 너머로 짙푸른 풀밭 언덕이 여러 굽이 펼쳐졌다. 커다란 배추벌레 여러 마리

가 포개고 있는 꼴이었다. 배를 모래밭에 끌어올려 놓고 언덕으로 올랐다. 풀밭인 줄 알았는데 올라 보니 보리밭이었다. 파란 보리 이삭이 막 패고 있었다. 어린 이삭에 달린 수염이 붓털처럼 보드라웠다.

"달팽이산은 여름인데 여기는 아직 봄인가 봐."

조금 더 올라가자 고구마밭이 나왔다. 그런데 밭 끄트머리에서 수

탉이 발로 흙을 파헤치며 고구마를 캐고 있었다.

"어이, 밭 임자가 누구야?"

"내가 가꾸는 밭인데, 왜?"

새돌이가 묻자 수탉이 날개로 땀을 훔치며 말했다.

"마을이 어디 있나 싶어서."

"마을은 언덕 너머에 있어. 너희는 어디서 왔는데?"

"우리는 저 위에서 왔어. 강을 건너왔지."

왼돌이가 더듬이로 머리 위와 강을 가리켰다. 수탉은 못 믿겠다는 듯이 고개를 갸웃거리며 왼돌이와 새돌이와 팥떡을 번갈아 훑어보았다.

"뭐하러 왔는데?"

"물구멍 때문에. 물이 이 아래로 다 흘러내려."

"그럼 물꼬대왕을 만나야겠네."

"물꼬대왕이 어디 있는데?"

"그건 마을지기한테 가서 물어보렴."

"고마워. 근데 여기는 봄이니 가을이니? 고구마는 가을에 캐는 거잖아."

"여기서는 그렇게 안 따져. 심는 대로 철이 바뀌지. 고구마를 심으면 그냥 가을이 찾아와."

"저 아래 밭에는 보리 이삭이 패고 있던데?"

"거기는 보리를 심었으니까 겨울 지나고 봄이 온 거지. 고구마 다 캐고 나면 이 밭에 수박을 심을 거야. 그러면 여름이 와. 고구마 하나 먹을래?"

수탉이 고구마 하나를 가슴 깃털로 슥슥 닦아서 새돌이한테 내밀었다. 고구마가 장딴지만 했다.

"고마워."

팥떡한테도 갈쭉한 것을 하나 내밀었다. 팥떡은 고구마를 받아 반으로 분질러 한쪽을 왼돌이에게 주었다. 고구마를 한 입 베어서 우적우적 씹자 달콤한 물이 입안에 잘착하게 고였다. 단술에 든 밥알을 씹는 맛이었다. 팥떡은 고구마를 도톨도톨한 제 등에 문질러서 하얀 물을 핥아 먹었다. 왼돌이는 파릇한 물풀 맛이 난다며 사각사각 갉아먹었다.

언덕을 세 굽이 넘자 작은 마을이 보였다. 오목한 골짜기에 다듬

잇돌 모양 지붕이 사이좋게 모여 있었다. 마을 뒤
편으로 높다란 산이 점잖게 앉아 있는데, 달팽이
산을 얼핏 닮았다. 마을 첫 번째 집에 이르자 집 안
에서 어린 염소가 완두콩 콩깍지를 씹으며 내다
보았다.

"마을지기 집이 어디니?"

"골목 끝 집. 완두콩 좀 먹을래?"

"조금 전에 고구마 먹었어."

말을 듣고도 염소는 집 안으로
달려가서 완두콩 소쿠리를 들고 왔
다. 어쩔 수 없이 완두콩을 세 알 집
었다. 완두콩 한 알이 아기 주
먹만 했다. 아직 덜 익어
파릇해서 날로 먹기 괜찮
았다. 꼭꼭 씹으니까 고소
한 콩물 맛이 났다. 팥떡은

어린 메뚜기 맛이 난다고 했다. 왼돌이는 물이끼 맛이 난다고 했다.

골목으로 들어가자 다음 집에서 조랑말 부부가 옥수숫대를 분질러 차곡차곡 쌓고 있다가 반갑게 달려나왔다.

"마을지기 집을 찾아가는 중이야."

"아, 저기 저 끝 집이야. 이 옥수수 좀 먹어 봐."

옥수수 알이 공룡 이빨만 했다. 한입에 못 먹어서 베어 먹었다. 뒷맛이 건빵 맛이었다.

그다음 집에는 거위와 오리가 마당 웅덩이에서 멱을 감고 있었다. 물에서 뛰어나와 먹을 것을 건넬까 봐 가만가만 지나갔다.

다음 집에서는 황소가 놀러 온 생쥐랑 이야기를 나누고 있다가 누

군가 하고 내다보았다.

"안녕, 마을지기 집에 가는 길이야."

"이 밤톨 먹어 볼래?"

황소만 한 생쥐가 밥통만 한 밤톨을 내밀었다.

"배불러. 벌써 많이 먹었거든. 고구마도 먹고 완두콩도 먹고, 이건 옥수수."

새돌이가 먹다 남은 옥수수 알을 들어 보이며 얼른 다음 집으로 갔다. 다음 집에서는 날씬한 돼지가 평상에 앉아서 구슬을 실에 꿰고 있었다.

"들어와, 들어와."

다가가서 보니 구슬이 아니라 굵은 율무 열매를 덩굴풀 줄기에 꿰고 있었다. 발톱에는 봉숭아 물이 붉게 들어 있었다.

"이웃에 선물하려고 목걸이를 만들고 있어. 하나 줄까?"

"고마워."

고맙다는 말은 새돌이가 했는데, 팥떡이 목걸이를 냉큼 받아서 자기

목에 걸었다. 그러면서 말했다.

"발톱에 물이 참 곱게 들었네. 봉숭아 물 맞지?"

"응, 뒷집에 가면 많이 피어 있어."

골목 끝 집에 닿았다. 털빛이 누런 개가 호미를 들고 마당에서 꽃밭을 가꾸고 있다가 돌아보았다. 봉숭아와 맨드라미, 분꽃, 해바라기가 차례로 서서 내다보았다.

"누구지? 어디서 왔어? 어떻게 왔어? 뭘 도와줄까?"

율무   봉숭아   맨드라미   분꽃

"물귀신 영감 아참, 물꼬대왕을 찾아가는 길이야."

그러자 개가 고개를 도로 돌리며 호미질을 했다. 왼돌이가 다가가서 다시 물었다.

"몰라?"

"거긴 왜 가려고?"

"우리는 저 위 달팽이산에서 왔는데, 골짜기 물이 이 아래로 다 쏟아져 내려."

"안 가는 게 좋아."

"물꼬대왕을 만나야 해. 안 그러면 잔별늪이 다 말라."

"대왕을 만나려면 안개늪을 지나야 하는데, 아무도 거기 갔다가 돌아온 적이 없어."

"그래도 가겠어. 어느 쪽이지? 어떻게 가야 하는데?"

팥떡이 소리주머니를 한껏 부풀리며 물었다. 그러자 개가 말없이 호미를 내려놓고 부엌으로 들어가더니 조그만 그릇을 들고 나왔다. 그릇에는 봉숭아 꽃잎 찧은 것이 들어 있었다.

"이 꽃물이 지워져 없어지기 전에 돌아와야 해. 안 그러면 서로 흩어져서 영영 못 돌아와."

개가 새돌이 손톱과 팥떡 발가락, 윈돌이 등 껍데기에 봉숭아 물을 들여 주었다. 팥떡은 등에도 물을 들여 달라고 했다. 새돌이가 물었다.

"궁금한 게 있어. 왜 여기서는 모두 같은 크기야?"

"그건 네 자리가 가운데라서 그래. 여기서는 누구든지 자기가 한가운데야. 으뜸이지. 그래서 모두 자기 눈에 알맞게 보여. 생쥐에게는 황소가 생쥐만 하게 보이고, 황소에게는 생쥐가 황소만 하게 보이지. 그러니까 누구나 동무가 되고 이웃이 될 수 있어."

"그런데 사람은 왜 안 보이지?"

"숲에 살아. 가끔 마을로 내려와서 우리가 가꾸어 놓은 것을 훔쳐

먹지. 참외 넝쿨을 밟아 놓거나 땅콩밭을 헤집어 놓곤 해."

"집이 없어?"

"우리랑 함께 살면 좋을 텐데, 자꾸만 숲으로 숨어. 마당에 조그만

집을 지어 줄 수도 있고, 때마다 먹을 것을 줄 수도 있는데."

"그런 게 어디 있어? 혹시 너희가 숲으로 쫓았니?"

"뭐라고?"

"이건 아주 거꾸로야. 사람이 여기 있고 너희가 숲에 있어야 맞잖아."

"말도 안 돼. 그게 거꾸로지!"

마을지기 개가 어이없다는 듯이 웃으며 말했다.

세상에 있는 여러 목숨들과 만나보세요

　세상에는 수많은 목숨이 있습니다. 우리 눈에 잘 보이지 않는 땅속을 기어 다니는 조그만 벌레부터 하늘을 나는 새, 동물의 왕이라 불리는 사자와 호랑이, 그리고 사람. 이 모든 것들이 서로 어울려 살아가고 있습니다. 이 모든 동물은 똑같이 하나의 목숨을 가졌고, 저마다 힘껏 살아가고 있습니다. 눈에 보이지도 않을 만큼 조그만 벌레도, 세상의 주인이라고 하는 사람도 그 목숨 값을 저울에 달면 누구나 똑같은 무게가 될 것입니다.

　이 동화책에는 이처럼 여러 목숨들이 등장합니다. 평소에 우리는 전혀 조금도 마음 쓰지 않던 목숨들입니다. 고슴도치, 능구렁이, 물총새,

왕사마귀, 오소리, 고라니, 산토끼, 실베짱이, 다람쥐, 청설모, 호랑나비, 산개구리, 달팽이, 검정개, 이 모든 것들이 살아가는 세상입니다.

　그뿐만 아닙니다. 온갖 종류의 나무들도 하나의 생명으로 등장합니다.

　이 모든 목숨은 사람이 살아가듯이 그렇게 함께 놀고, 이야기하고, 어려운 일이 있으면 힘을 합해 헤쳐나가며 살아갑니다. 산신령과 검정개가 서로 이야기를 나누고, 나무와 나무가 이야기를 나누며 신 나게 놀기도 하며 살아갑니다. 사람과 도깨비와 산신령 할아버지, 그리고 살아 있는 모든 것이 서로 마음을 나누며 살아가는 것입니다. 무엇보다 우리가 옛이야기에서 만났던 신기하고 재미나게 생긴 도깨비들을 만날 수

있습니다.

　이 이야기를 쓴 김우경 선생님은 세상에 살아 있는 모든 것은 자연 속에서 주어진 생명이 자유롭고 평등하게 살아가야 한다는 생각을 갖고 있습니다. 생명에 높고 낮음이 있을 수 없다고 여기기 때문이지요.

　이 책을 읽는 재미는 세상에 살아 있는 수많은 목숨들이 사랑하고, 기뻐하고, 삐치고, 뭔가를 하고 싶어 하는 모습과 함께 그들이 지닌 다양하고 재미있는 생김새와 특징을 알 수 있습니다. 산속에서 살아가는 목숨들이 서로의 특징과 생김새를 보며 서로 이름을 지어 불러 주니까요. 자라는 '뻥쟁이' 입니다. 걸핏하면 용궁이 어디 있는지 안다며 으스대기 때문입니다. 오소리는 풀꽃들이랑 잘 지내니까 '꽃소리' 가 됩니다. 독을 지닌 살무사는 '머리세모몸통통이' 라는 조금 긴 이름을 새로 얻기도

합니다. 이렇게 보면 세상에 있는 목숨들이 사랑스럽고 귀한 존재로 다가오기도 합니다.

이 책은 우리나라 사람이면 누구나 즐겁게 읽을 수 있는 스물한 가지 이야기가 실려 있어요. 한 편씩 읽어도 되고, 이어서 읽어도 각각의 이야기들이 살아서 우리에게 다가옵니다.

이야기를 읽다 보면 세상의 모든 목숨들과 함께 어울려 살아가는 아름다운 세상을 만들기 위해서 지켜야 할 것들이 무엇인지 저절로 알게 됩니다.

이 책은 여러분들에게 세상에 있는 수많은 목숨들이 여러분 마음에 전하는 사랑과 자유, 평등과 평화의 마음을 가득 느낄 수 있게 할 것입니다.

조월례(어린이 책 전문가)